Gedichten van de broer van Roos

@debroervanroos

@debroervanroos

www.debroervanroos.nl

www.meulenhoff.nl

Tim Hofman

Gedichten van de broer van Roos

MEULENHOFF

Eerste druk januari 2017
Tweede druk januari 2017
Derde druk januari 2017
Vierde druk januari 2017
Vijfde druk januari 2017
Zesde druk februari 2017

ISBN 978-90-290-9182-4
ISBN 978-94-023-0831-0 (e-book)
NUR 306

Omslagontwerp: Moker Ontwerp
Auteursfoto's: © Jesje Veling
Opmaak binnenwerk: Text & Image, Elp

Zo.

Mijn ex-vriendin had anorexia en ik had daar last van (fictie)

Terwijl jij calorieën telt
en weer prevelt van te veel,
raakt je geest verder bekneld
in wat je lichaam niet meer wil.

Werpt een holle blik naar mij,
voelt voor beiden veel te vol
van honger of verdriet, gezicht
uit zicht, zo eist de tol.

Ik heb mijn heil in jou geteld,
het was niet meer genoeg
en heb je het gebrek verteld,
waarop je mij toen vroeg:

‘Ga je bij me weg?’ Ik zei:
‘Ik kan niet meer, ben leeg.
’t Is niet zozeer jouw gewicht,
maar wat je ziekte weegt.’

Tijdelijk

Gelukkig stierf hij
op de laatste dag
van zijn leven.

Elk ietsje eerder
was zonde geweest,
al was het maar
heel even.

Ongeliefd

Gelukkig stierf hij
op de laatste dag
van zijn leven.

Elk ietsje eerder
was zonde geweest,
hoewel een beter
streven.

Tripolair

De driehoek met vier kanten
werd met regelmaat gepest.
Men gaf dan vaak als reden:
'Jij bent anders dan de rest.'

Ook had hij vier hoeken,
deed aan zijn naam geen eer:
hij wilde er maar drie
en niet die ene meer.

Ach,
dacht het gedrocht,
wat maakt het nu nog uit?
Dood gaan we toch...
Dus nam hij een besluit.

Na zijn sprong vanaf de toren
versplinterd als gebroken glas,

ging hij in de boeken
als figuur met nog meer hoeken.

BankWezen

Ik teken rekeningen
en bereken dingen.
Reken en
verzeker dingen.
Verzin verzekeringen
en zeker zeven dingen
tegenover leken
over rekendingen.
In groten getale
getallen vertalen,
vertel
sterke stalen,
brutale verhalen
over balen
van betalen
en bankschandalen.
Belast ze
bijna hijgend
met stijgende
belastingschalen.
Er valt
schandalig veel
te halen,
pluk ze
verbaal
inhalig kaal
met ideale taal
maar
zonder idealen.

Punchline

Dat er
in iedere
pacifist

een passie
voor vuisten
zit.

Bijzonder hypochonder

huisarts
afgebeld

heb
me ziek
gemeld

Dement to be

de man die nooit bestond,
de dag hiervoor niet ondervond,
die daarvoor is vergeten,
bij wie een week geen week mag heten

zit in zijn auto in de straat
zijn vrouw die woedend voor hem staat
kom eruit je mag niet meer
benauwt 'm constant, even meer

bij alles wat hij wil of wilde
hoe zij nooit haar liefde deelde
niet met hem, ook niet voorheen
nog voor zijn memorie verdween

zijn hele leven lang geschreeuw
zijn hele leven bang, hij trilt
beseft weer als hij spiekt naar haar
alzheimelijk verlangen naar

het eeuwige vergeten van
de mens die hem zijn zijn ontnam
zijn dromen barsten van haar stem
gescheld, zijn voet nog op de rem

je reed al dwaas voor je vergat
loopt op hem af, ze is het zat
vent, was ik jou maar nooit gehuwd
dan hoe zijn voet het gas induwt

demente man rijdt eega dood
de krantenkoppen, levensgroot
hij leest, in stilte, naast haar graf
ontloopt, in stilte, zo zijn straf

zijn ziekte was een leugen,
een wanhoopsdaad, maar heugen
dat hij hem echt was kon hij niet
nu louter dat in het verschiet

is hij hem weer die bestond,
en bij iedere morgenstond
en bij iedere dageraad
zeker weet dat hij bestaat

Lijd mij de weg

16 ik draag het klagend leed dat je vraagt en je weet:
ik heb het over voor jou, geloof me toch nou
eindelijk dat schrijnende strijden voorbij
dat ijdele veinzen van lijden voor mij
hoor mij, de adem, mijn lucht, elke zucht
hoor mij en mijn amen en als ik dan vlucht
sleep ik al dwepend jouw lasten naar huis
dwars door mijn hart en met jou als mijn kruis

Aftrekkelijk

Ik val al dagen in slaap met
papier naast mijn bed:
soms leeg of beschreven,
maar meestal bevlekt.

Dat worden geen woorden,
maar het zaad dat er staat
trekt wat ongeboren
is af van de daad.

Jehova's getuige

18 'Afijn,
U had erbij moeten zijn.'

Flits

Ik zit verdrietig en nietig naakt naar naakte plaatjes starend zielig met mezelf parend in een hoekje, ruikend aan je broekje zie ik met zaad bezaaide resten jij en ik gescheurd uit fotoboekjes.

Het is genoeg.

Verdriet moet je verdrinken, groetjes uit de kroeg. Bescheiden beschonken, onderweg naar dronken, vergeet ik wat me lief is, begraaf wat m'n gegrief is. Huilend glazen gooien, lelijke mensen worden mooie. Dubbel zo veel vrouwen, dubbel dubbel D's aanschouwen, ik wil jou en jou en jou.

Het is genoeg.

Ik voel iemand mij m'n bed in sjouwen. Wakker, fysiek en ziek verkracht, vrouwenhoofd op m'n schoot, zie de foto's van vannacht en bedenk me in een flits dat ik me toen al lam bedacht dat ik je eigenlijk niet meer mis, dat al wist en je weer wis.

Vincent

Ik dacht aan te verachten klachten en gedachten en trachtte smachtend te wachten op verzachtende gedachten waarin ik me minder minachtte, maar bedacht me. Verkracht me, ik vind het machtig prachtig, waarachtig dan een lachkick, ach. Ik lik

het traanwater schaterlatend uit m'n wonden en wens dat zelfhaat en hekelen sneeën helen konden. Dan gekreukt in foetushouding, mager, starend in de kamer met gekneusde neus en blauwig als een hard geslacht kadaver. Lig ik. Gladgeschoren, lijk een lijkje, pasgeboren, godverloren. Ben een feestje vol met beestjes, wees eens stil, kan je ze horen.

Fluisterend en sluipend, kruipend, ruisen duizend duistere gespuisjes door m'n huisje. Juichend en vervuilend. Ik wil schuilen en huilen, zacht als mijn verkrampte lachje. Lach je? Ja, ik schater tonnen tranen, man. Wat dacht je dat ik dacht dan? Want

eerlijk, het gaat heerlijk. Zonder gejank zo van ik ga verkeerd en ik heb me bezeerd en dat trillen binnen en grillen van binnen, ik wil het niet meer. Geen pillen, meneer psychiater. Laat me mij haten. Kom op, het staat me. Laat me mijn gang gaan. Laat me maar langzaam, traag, mijn zalige zieltje verlaten en praten zo naakt en beschamend. Bang voor de angst van de man met de hamer. Bang voor de klanken die nimmer bestaan, ja, maar iedereen gaat maar.

Laat maar, ga maar, laat me daar schreeuwen. Ik meen het. Schilder me af in gevecht in m'n eentje. Broodnodig bestook ik m'n ogen, de dood als despoot en poog ik weloverwogen doch vol onvermogen het rood devoot toch regen te bogen. Het opslokkend doffe gedonder in donker verdoemende, die verzonnen volle zon zo zonder pardon verbloemende. Weg met mezelf, hand om m'n strot, opdat God het oplost.

Ik snij m'n oor af, ik ben van Gogh los.

Eenzaam, twee samen

3

1

mijn bezwaar:
ik vind het
naar
zo alleen

ik ben
verlegen
ik adoreer
mijn ik

plantte
van oorsprong
de zaden voor
mijn narcisme

mijn ego is
ontstegen, maar
de ik

2

het is fijn
alleen
onderling
te zijn

goed in de omgang
ben ik niet
mijn spiegelbeeld
is eigenaardig

verbloeming
van mezelf en
de ik zijn
dus mijn probleem

mijn eega
hoort bij mij;
is mij als enige

ik ben
buiten
zij zijn
van binnen
mijn vrienden,
zijn zij
van mij, ben ik
vervreemd?

neem mij
ik ben zo
verdubbeld
eenzaam
twee keer
eenzaam
is
twee samen

wees mij
ik ben zo
verdubbeld
eenzaam
twee keer
eenzaam
is
twee samen

(drie gedichten over een eenzame man met een ego voor twee)

Dag depressie!

24 'Herreis!' Het is de hoogste prioritijd. Dagvaart je, stelt verrijzen als eis, maar de zon is weg, een zonde. Zonder zon voelt licht zich lichtelijk bedonderd. En je beluistert het gefluister van de wind en vindt: hij lawaait te luidruchtig, heel deze lucht zucht te vluchtig. Je staat op en daar de morgenstond, daagt dag je uit: Krijg mij de klok 'ns rond. En je vecht het gevecht, bang voor de angst van het vrezen voor wezen, de strijd tegen tijd die je bijt en je snijdt, echter zie je het echt: de zon scheen te schijnen, de zon scheen, het schijnt. Jij ligt, dag lacht en zo daagt de dag, op naar zijn eind.

Slowmoseksueel

Stop de tijd.
Maak 'm trager.

Wijs de wijzers op een tandje lager.
Opgejaagd, in een vlaag vertraagd,
langzamer is langer samen. Graag.

Verzuip de klok tot ik stok,
de tijd drinkt door: klok, klok,
tot de avond stopt.
Dan plots, een zonde,
de laatste ronde,
op naar m'n krot
voor die laatste seconde.

Leg je lichaam uit wat ik van 'r wil,
hand langs je wang, slowmotioneel. Streel
je wild gewillig als in een videoclip
alsof m'n ik verstrikt met je libido is.

Zaad bezadigd,
m'n gestel, het zwelt.
Je zei kom maar op,
maar ik kwam te snel.

(L)even

’t Is prachtig,
zachtjes lach je.

Tegen beter
weten in
niet langer
dan een nachtje,
wat dacht je…

Maar je t’aime ongeremd,
hoor m’n plan de champagne:
croissants, jus d’orange
en wat andere Franse franje.

Wees gelaten adorable,
want dat kan je.
La Vie en rosé’tje
met z’n tweetjes.

O, laat ons

heel even nog een beetje
zweven in die zevende,
dat even voor heel eventjes.

Ik vergeef het je.

Doodsangst

Bang
Bang
You're
Dead

Kadoodje

Even wennen, moest ik
aan mijn
streven, wensen, goesting
naar mijn

eigen einde, lijk
ik op z'n allerminst
weer blij, want kijk
wat mij bereikt sinds

het einde mij
uiteindelijk
het einde lijkt,
mijn eigen lijk
oneindig lijkt
en eigenlijk
oneigenlijk
oneigen lijkt
in oneindigheid

en het nu eindelijk
een presentje blijkt.

Nico Dijkshoorn (fictie)

Het schijnt
dat lampen

        rijmt
op tampon.

Stein

Een doodgewone vent,
tot hij zich dan keert,
want op dat moment
wordt geconcludeerd

dat Stein niet meer te zien is,
lijkt wel opgelost:
'Ik zie 'm niet!'
'Waar is-ie nou?'
'Stein is kwijt!'
'Is Stein bij jou?'

'Die Stein, waar zou-ie zijn?'
zegt men achter zijn rug om
als hij weer eens verdwijnt
wegens zijn van andersom.

Evenals z'n spiegelbeeld
keer op keer absent,
maar logisch dat het speelt
als je vice versa bent.

Wel,

dat Stein niet meer te zien was,
werd niet opgelost.
'Een hintje, Stein?'
'Geef ons iets!'

Maar Stein bleef stellig:
'Ik zeg niets.'

Eggte liefde

Ei
l'oeuf
y0u.

Vreemdgaan

'Goeiemorgen,
je was laat,'
zeg je als
je naast
me staat
en je aait
over m'n rug,
een tikje op
m'n kont,
ik draai
me om,
glimlach terug
en poets met
jouw borstel
de buurvrouw
uit m'n mond.

Marketingplan van een timmerman

Zo was er ooit een timmerman,
zijn zaken liepen niet zo tof
zodoende kwam hij met een plan
dat al zijn zorgen overtrof.
'Maria,' sprak hij opgetogen,
'Jij wordt', en hij leek verblind
door twinkelingen in zijn ogen
'moeder van een wonderkind.'
En zo geschiedde naar zijn zucht
dat Jozef zijn vrijage
binnen no-time had bevrucht
geheel zonder trucage.

Dit was het scenario, zoals hij dat dan had bedacht: bij hem en zijn Maria werd er dus een kind verwacht. Echter, ja en hier werd het bijzonder, 'gemeenschap was er nooit geweest', en dús werd dit een wonder. Nou, de mensen in de buurt, zij zouden dit dan horen en als gevolg van dat bij hem een plank of meubel scoren. De leugen ging van stem tot stem, het verhaal ging nu al donders rap, zij van Nazareth naar Bethlehem, even pauze van hun grap.

Gevestigd in een oude stal
kwam hun zoon ter wereld
omgeven door een vaag drietal
van onbekende kerels.
Messias zus godenzoon

maar zakelijk was Jozef blij.
Hij had nu een grote naam,
grote vrienden, grote woning,
ook zijn zoon baadde in faam
en werd zelfs Jodenkoning.
Maar Jozef deelde vaderschap
met iemand die het volk verzon
en leefde in de wetenschap
dat hij nooit nog vaderen kon.
Iedereen had hij als klant,
die missie was geslaagd,
maar door dit al was wel de band
met lief en kind vervaagd
en toen was daar die opdracht
voor een grote zak met geld
drie zware, houten kruizen
Pilatus had ze zelf besteld.
De kruizen waren af en dus
wilde Jozef trots eens kijken
naar het resultaat van deze klus
die hem zo deed verrijken.
Jozef slikt zijn adem in
ziet zijn eigen vlees en bloed
brandend in de zon, genageld
aan zijn drang naar overvloed.

Kim

terecht
je ging weg

ik dacht het wordt lastig
te vast in de ander
alles veranderd
alles verandert

angst voor wat anders
bang voor wat kwam dus
janken bij mama, waar-
achtig, dat was het
anders-

om soms
kan het plots
dank voor ons
wat was ik rot

was wat bekaf
en al ik gaf

verdwenen, opeens
dan weer alleen en
tevreden, even
gedans met een ander
wat anders

het was minder lastig
dan ik gedacht had
alles verandert
alles veranderd

Feuthanasie

Verstikt en navelstarend
dreef ze badend in verwater.
Leek genade zorgen barend
en werd haat haar escapade.

Tegen alles op te kijkend,
door druk bijkans bezwijkend
dacht ze her en haaldelijkend
was ik maar een innerlijkje.

Naar die tere tunnel turend
wist ze: binnen enkele uren
mis ik deze moedermuren
en voelde zich verzuren.

Prompt was daar het licht,
zo barbaars op haar gericht
dat ze voelde het gewicht
in ieder nieuw gewricht.

Het was nu of nimmer, nooit
kon deze kans vergooid,
dit zijn dient onvoltooid,
ontneem me van een ooit.

39

Het gepoogde leven geven
had haar verse nek gekost
de streng deed haar bevrijden
haar glimlach stond gedreven;
daar ze kundig werd verlost,
was het louter uit haar lijden.

Cucumbersap

Mom,
what will bekom-
kommer of me?

Son,
whatever u juice
to be.

Blauwtje walken

Smurfin,
my gevoel
says I want verkering,
'cause you're bluetiful.
Well darling,
you're really durfin',
but by mij comes there
al eenother smurf in.

Inc'est la vie

nous sommes soms
opgesomd ongezond
toch gonst nu je kom
de garçon in m'n mond

je mag me, ik leef
je mange beleefd
klaar, je me kust
maar je suis je zus

Shake spears

to be
oorlog
to be

that's
the
question

Mijn moeder was een hypochonder en ik had daar last van (fictie)

mijn moeder dronk en rookte niet
sloeg me ook zelden
en wanneer wel, dan bood ze excuus

ze stonk en stookte niet
en als ze eens huilde
dan schuilde ze, vermeed mijn confuus

mijn moeder gokte, verliet niet
en had ze geen gelden,
dan was er te leen

ze jokte, verried niet
en het zeldzame schelden,
was nooit echt gemeen

maar
mijn moeder bevroor en verstokte
bezonken van angst voor de dood

ging
weemoedig en schor naar de dokter
bonkend en bang in haar hoofd

ze hoorde geschrokken
dan klanken van kanker
verstoord en in shock en
tumoren verankerd

haar longen verdrongen
en vaten gesprongen

haar benen en schenen
en tenen verdwenen

waar waren
haar haren

werd ze nu blind?

paniek was haar ziekte
schrik was haar ik
en ik was haar kind

Mijn vader stortte in en ik had daar last van (fictie)

zag de glim z'n lach uit vallen
hoe zijn man zijn hem verliet
hielen lichtend, knielend, zicht-
baar hoe fragiel, zijn ziel verschiet

leek zo bleek, een lijk, hij blijkt
te leven, echter ziet zich niet
alle banden met al'ander
week, versneden leegte biedt

mijn vader zich daar aan, ik weet
mijn vader vadert, maar vergeet
hoe ik zie dat mijn leider lijdt

mijn hoeder moet voldoen, alsnog
mijn moeder hoedt voldoende, toch
al jong ben ik mijn ouder kwijt

Afreud of my feelings

I want my mum:
have sex
lick that oedipuss cum-
plex.

Hippiehop

Mic
love
not
war.

We'll zee

Zijn er
walvissen,
of nie?

Geen idee,
whale
see.

Overgewicht

Was ik
maar dik.

Wat houdt je tegen?
Het overwegen.

Het dieptreurige verhaal over de incontinente clown die ook nog eens een necrofiele pedozoöfiel was en wiens carrière in het slop aan het raken was (dus daarom zo veel dronk)

En toen
alles
wéér
(per ongeluk)
onder
de poep
zat
en hij
dronken
een dode
puppy
verkrachtte

merkte
hij
dat
eigenlijk
niemand
in de
zaal
nog
echt
om
hem
lachte.

Zijn met mij (in het kort)

ze zegt
je mag
huilen
wat je wilt, ik
knik het weg,
slik het weg,
wil schreeuwen
maar ben stil, ik
ben het die
met stomheid slaat,
bij gepraat
waar een spreker
zich verzilverd acht
zwijg ik, gouden
kameraad

Net verhuisd

’t Is te veel wat je wilt, heel veel tegelijk
maar een beetje beleven lukt wel degelijk

je voelt het, dat rauwe, de rand van de stad
de zon zacht verbranden vanachter een flat

het belicht nog voorzichtig terloops taferelen
treft mensen hun blikken en leest perikelen

hoe de gracht op de nacht wacht, jij op de tram
verdwaald als je bent, daar in dat Amsterdam

Der Lachgaskrieg

alles opgeblazen, allemaal
lichten flitsen aan het plafond
omgelazerd vol kabaal
slaan patronen op beton

hoe iedereen in rubber zucht
de felgekleurde maskers
hoe iedereen naar binnen vlucht
zichzelf helpt aan het gas, er

wordt gelachen, kippenvel
adem in en adem uit
onveilig niemand waant zich, heil-
ig is de slagroomspuit

St€rf

iets bekopen
met de dood
kost een R.I.P.
uit je life

Brief aan de Vakbond voor Monsters

’s Avonds vlak voordat-ie slaapt,
nadat-ie drie keer heeft gegaapt,
gaat bij ons een bel
en haasten wij ons snel
naar z’n kamers donkere hoeken,
onder truien, achter boeken,
onder het bed of in de kast,
of waar een van ons maar past.
Zonder dat-ie het ziet,
heel zacht, hij hoort ons niet.
Wachten af tot het sluiten
van zijn ogen en het fluiten
van zijn ademhaling, maar
het is ons nooit gelukt om hem daar
te laten schrikken,
van angst te laten stikken.

Want vlak voordat-ie slaapt,
en drie keer heeft gegaapt,
vraagt-ie vader voor het dromen
of er monsters zullen komen.
Vader antwoordt: ‘Luister...’
brengt zijn stem naar zacht gefluister,
zodat wij niet kunnen horen
hoe hij ons kwetst, maar onze oren
vangen op wat hij hem meldt,
wat voor naars hij hem vertelt:

zegt dat monsters niet bestaan,
monsters hun altijd ontgaan.
Dit maakt ons verdrietig,
het griezelen zo nietig...
En zo gaat het nu altijd,
dus, tot onze spijt,

delen wij u mede
dat wij vanaf heden
ons werk zullen staken,
u ons blij zou kunnen maken
als u regelt op termijn
dat men gelooft dat wij er zijn.

Glimlove

58 You make
me smile.

I laugh
you.

Partyfeest doodgaan

een meneer met leuke fietstas
is aan het sterven op de hoek
twee katjes lopen langs
eentje likt er aan zijn broek

bloed loopt door de straten
zijn hoofd lekt buitensporig
alle bloemen in de buurt
zingen mee, het is gehorig

slingers- en ballonnenregen
behoorlijk ongepast
alle kinderen eromheen
houden elkaar lachend vast

gedans op blote voeten
gegooi met jam en hagelslag
vreugde viert een feestje
het is een leuke dag

Egocentrie

j i j

i k i

j i j

Wij Ik Jij

w	i	j	i	w
i	k	i	k	i
j	i	j	i	j
i	k	i	k	i
w	i	j	i	w

Eidentity crisis

62 I am
a duck,
eend I?

ExPlane

what's up
waarom afwezig
is air iets
vroeg ze luchtledig

high zei
I FLY
*I F*ucking *L*ove *Y*ou
that's why

(V)lucht

we hadden de b(ed)ank(t)
en al ons g(et)eld
maar net toen we per (v)lucht(ten)
werd het gestolen g(em)eld

acht agenten per boot, nat(uurlijk)
arriveerden met in het gezicht wat(er)
nou, en óf ze in de war(en)
stonden ze daar als een verzopen kat(er)

aan overgehouden, zij(n)
ons kwijt, wij al weg(ens)
ander vervoer dan de (d)acht(en)
en niemand hield onze heli (opges)tegen

al sprong men hoog of (ges)laag(d)
was onze opzet(telijk)
want wij doen geen (lu)kraak,
nemen van vluchten elke letter(lijk)

(Leesinstructie: de eerste zin is 'we hadden de bank bedankt'.)

Mick Jagger zingt Angie

drummer tikt af, o	**verdriet**	ellen zal de band versnellen
en met zijn z	**angst**	em zal hij ons uitgebreid vertel- len
'Ik he	**bang**	ie ooit verloren' en hoe het hem kan kwellen
hoe hij met haar	**vrees**	liep en zij samen konden rellen
hoe haar ko	**pijn**	iets waard is, evenals al die mo- dellen
hoe-ie wegg	**leeg**	elijk weer probeerde te herstellen
tussen al zijn poe	**haat**	titude tracht hij haar weer voor te stellen
en in dat gev	**alleen**	t het applaus zich om hem niet te laten vellen

Zandloper

Mijn voeten wroeten in het zand
van Klaasvacuüm getrokken sokken
en korrels glijden uit de hand-
schoenen van de beste man
en ze lokken de lokken
van mijn haargordijnen wan-
delend langs de randen van
mijn slaap naar dromenland.

Synchroon van Down

de chromosomen schromen
niet in overmaat te komen
terwijl er uit dat ene ei
al een tweeling toe zal stromen

collectief in koor geboren
huilen, schreeuwen, ik
zie net als jij (verwonderd, blij)
een ietwat andere blik

en

dubbel dubbele tongen
maar de liefde is er, dus
bereken ik de hoogte in:
min keer min is plus

Vulvaveelvuldig

Ik heb altijd gezwegen,

maar al jaren verzamel ik namen van dames die daar in mijn kamer
hun adem verblazen: gelaatje vol zaad en door mij al verlaten
voordat ze mag praten, maar tijdens het paren is zij toch de ware,
totdat ik klaar ben en verder kan sparen van

sletten in bed die ik zelf heb verpest en zijn ze dan wel echt de
beste wat seksen betreft, ze hebben echter verder beperkte hersens
en red ik defecte gesprekken met hen en elke nepper is net als de
rest dus vertel ik ze netjes ga weg uit mijn nest en

soms rollen en bollen die snollen zo zonder controle al dollend
en tollend nog log en gezwollen met kont en mond nog vol van
de avond ervoor door naar voor de voordeur

en is er weer leegte.

Slechtnieuwsgesprek met John Doe

Nou, meneer…
Dokter keek en zweeg,
begon nog maar een keer.

Ik heb het al gezegd…
En de spanning steeg.
… het nieuws, meneer, is slecht.

Het zit u niet echt mee.
Dokter, spreek, wat is er dan?
Wat u heeft, is geen idee.

Alsof ik m'n geschied verlies,
ik begrijp er weer niks van!
Precies, meneer. Precies.

Blind date

kwam ’r dus tegen
alles in mij schreeuwde
doe het niet, doe het niet

toch overwegen
wist wat ik wilde
voel het niet, voel het niet

maar wat

niet valt te weten, is
nooit te vergeten, ik
meed je gezicht

alleen op mijn bed
beleef ik je met
mijn ogen dicht

Zijzoenen

Ze is de lente in m'n slenter
't is de frisse wind in winter
nimmer is zij zomaar zomer
en het aller herfst, ik vind 'r

Komt een clown bij de dokter

Met één been in het graf kijkt hij nog eens in de spiegel,
scheve zon op beide konen en ondanks het gepriegel

trots het rode neusje op zijn witgeschminkt gelaat,
pakt zijn vouwballonnenset, krijgt het bijna toch te kwaad.

Weigert nu te huilen want zijn lach staat uitgestald,
voelt hoe het krullenpruikje op zijn kale schedel valt.

Geeft met pijn en moeite zichzelf – wat doet het zeer –
een poging tot een knipoog. De allerlaatste keer.

Meer clini dan hij clown is ademt hij zijn zucht,
test de zakdoek in zijn mouw. Keert zich dan de rug

toe. 'Daar gaan we,' zegt hij ferm maar wel ontdaan,
want na vanavond zal hij nooit nog aan zijn eigen sterfbed staan.

Komt een Toon Hermans bij de dokter

dokter
moet u horen:
ik heb geen
neus, dat zit
tussen m'n
oren

Als de dood

Ik zeg haar zeg bedaar nu maar
het is van gebaard naar opgebaard
dat wat ons het eindeloos bespaart
maakt het zijn de moeite waard

Ik zeg ook eens wat

Je gezicht

doet me niet per se denken aan kanker,
moet er niet heel erg door kotsen of janken.
Het doet me niet denken, rouwen of peinzen,
moet er niet heel erg m'n vrede voor veinzen.

't Is anders dan dingen als glas in mijn kiezen
of brandende lappen van teer in mijn liezen.
't Is anders dan pijn na een naald in je oog
of tong door de midden, een nier opgedroogd.

Niks als een plasbuis gevuld met azijn
of longen vol stikstof, je geest die verdwijnt.
Niks als mijn knieën doorboord met een pin,
of een roestige lepel, dwars door mijn kin.

Ik wil nog niet dood als het kleeft aan m'n lijf,
ik wil nog niet dood als je blik beklijft.

Hoe ik altijd lieg dat ik geen kinderen wil

Daar zit ze, hem aan te staren
spreekt opeens van leven baren
mijn lichaam wil een kindje
wil jij dat ook, wat vind je

hij antwoordt niet, maar wil van wel
hij antwoordt, niet nu, gaat te snel
wil je dat ik dan vader ben
ze knikt, verlangt een stuk van hem

hij wil dat ook, een stuk van haar
maar zwijgt erover en gebaart
kom eens hier, hij fluistert wat
ze buigt voorover, luistert wat

haar wangen door een traan gedoopt
je durft niet, zegt ze, ik ontken
hoe zij voorgoed bij mij wegloopt
hoe ik weer bij mezelf wegren

Hoermoordenaar

Gedoe.
Omdat er
bloed aan
de vloer kleeft.
Die hoer heeft
haar klanten-
bestanden
geslacht met
haar handen,
at ze nog levend
met huid,
haar en tanden.
Het behang
moet vervangen,
want bevlekt
door die gek.
Het is rood
als de dood.
Kijk in het licht
wat er ligt:
het lijken
toch lijken.
Ook geen
gezicht.

Krom liggen

78 al werkloos zijnde
bleef hij gehecht
aan toch beroepen
op ieder recht

Whine

Ik liet me lekken in het glas
wat water bij de wijn, mag ik?
en hoewel het tranen zijn, zag ik
dat het toch halfvoller was

Doordeweeks dronken fiets zoeken op het station

de enige die z'n fiets niet vindt
ruimschoots half acht
waar de rest nu met de dag begint
eindig ik de nacht

Dans je

wapperhandjes
klappertandjes
net alsof je eet
maar ik weet
het zeker weten
jij bent op dieet
aan de lijn
aan het zijn
jij doet ook
diet coke

Humoord

Moet u nou eens horen,
daar in die ivoren toren,
veilig en verborgen
achter muren van de veste.

Uw tranendal aanborend,
schurend zure woorden,
ongehoorde metaforen,
pesten is de geste.

En weet: onze humoren
doen alles, dan ook kwetsen.
Trek uit goed fatsoen tumoren
om een kankergrap te schertsen.

Wij massawoordenaars
zijn uw censuur ontstegen,
jank daar maar: 'Barbaar!'
Noem het emocide plegen.

Dus

stel pedante kwasten
in dat grachtengordelpand:
sterf toch in uw harnas,
moraalridders des lands.

Popmuziek

Fan.
Omdat ik
er doll
op ben.

Suïzijderups

Zij zeiden dat zij aan beide zijden van zijde zou zijn. Ben gaan kijken en zonder het besef dat het te laat zou blijken, bleek het al nacht, keek zonder dat ik iets zag en overdacht overdag: ik heb het verdiend. Al had ik beter gekeken, had ik misschien bij het kijken naar haar zijden de zijde nog gezien. 'Zij had haar zijden zijden al veranderd in kanten van kant,' zeiden zij, want wat bleek... Op de dag dat ik na afgelopen nacht overdacht naar wat ik keek stond in de krant:

'Koningin der zijden zijden maakt zichzelf van kant'.

(Fransjes misvatting omtrent het fenomeen) groepsverkrachting

Van een afstand
nam Fransje

alle dames
nog maar eens

stuk voor stuk
onder de loep

en dacht:
weet je wat?

Ik doe gewoon
de hele groep.

The lekker acceptation lied

86 'k Hou van the fact that you're black
hurray you bent gay
even when you are gelovig
then is that zelfs okay.
You stand there maar to stinken
and you have a softe G
maar let's toch be friends
and vergeet your acne.
Hello to yellow
spleeteye be tevree
so you have rode hairen
even then tell you mee.
I like how lelijk you look
you have a piel and a snee
man you are really too dik
but then I say ook geen nee.

Haramadan

Islam,
dat je ’t weet:
er zit ham
in je profeet.

Dankwoord

Pa, ma, Leon Zervos, Talisia Misiedjan, Nik van den Berg, Damion Grey, Cathelijne Blok, Lize Korpershoek, Sladjana Labovic, Lenneke van Ingen, Charlotte Schenk, Meulenhoff, www.twitter.com, Kliekmoot, Earl Sweatshirt, Kurt Cobain, Derek Otte, Nico Dijkshoorn, de man die me het ziekenhuis in reed, mijn god die fictie bleek, de ex-vriendinnen en iedereen die in welke vorm dan ook iets aanwakkerde om voorgaande pagina's te vullen: bedankt.